Scénario et dessin **Yuu Yoshinaga**

Traduction **Akiko Indei + Pierre Fernande**

Lettrage **Miriam Esteban Rossi**
& Massimo Stella

Pour l'édition française : Panini France S.A. - Nice La Plaine, Bât. C2, Avenue Emmanuel Pontremoli, 06200 Nice.
ISBN : 978-2-8094-7382-7
Dépôt légal : **janvier 2019**
Achevé d'imprimer en **Italie** en **décembre 2018**
par **LITO 3 Arti Grafiche S.r.l.** - Via Bergamo, 6 - 20096 Pioltello (MI).
Code produit : **FKOIN002**

www.paninimanga.fr

FSC www.fsc.org
MIX
Paper from responsible sources
FSC® C115044

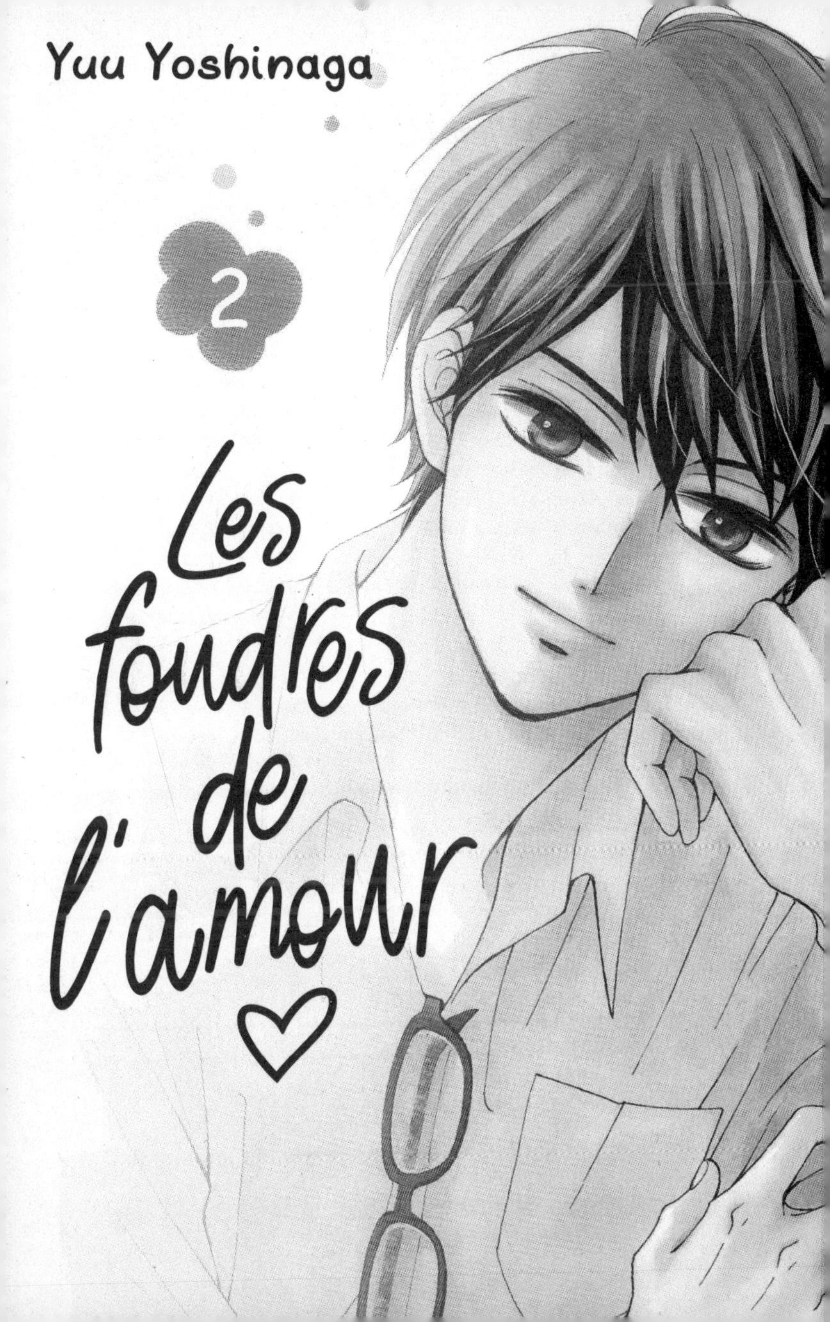
Yuu Yoshinaga
2
Les foudres de l'amour

Les foudres de l'amour ♡ 2

Introduction

Les histoires d'amour ne concernent-elles que les autres ? C'est la question que se pose **Néné Koizumi**, une jeune fille en première année de lycée qui trouve sa vie bien monotone : toujours les mêmes cours, les mêmes conversations avec les mêmes amies, le même trajet pour rentrer de l'école... Bref, elle voit la vie en gris ! Heureusement, son monde se pare de mille couleurs le jour où elle rencontre **Hajimé Sakuraba**, un garçon plus âgé, étudiant à l'université. Néné n'a pas peur ni de cette différence d'âge ni de l'indifférence de l'élu de son cœur. Petit à petit, à force d'obstination et de déclarations d'amour, le jeune homme commence à s'intéresser à elle. La joie de Néné atteint des sommets quand Hajimé est nommé professeur stagiaire dans son lycée pour plusieurs semaines. Mais Néné éprouve une certaine inquiétude quand **Ayato Otokawa**, un garçon de sa classe, les soupçonne d'avoir une relation. Et cette inquiétude redouble avec le retour en ville de l'ancienne petite amie de Hajimé. Ce dernier a-t-il vraiment tiré un trait sur son ancienne histoire d'amour ?

Sommaire

épisode.
06
English

LES COURS DU PROFESSEUR SAKURABA SONT INTÉRESSANTS ET FACILES À SUIVRE, C'EST RARE CHEZ UN PROFESSEUR STAGIAIRE.
SA PRONON-CIATION DE L'ANGLAIS EST TRÈS BONNE...
... ET IL A AUSSI DÉCROCHÉ LE NIVEAU 1 DU TEST DE CAPA-CITÉ...
OOH... IMPRES-SION-NANT !
COMME AUTRES QUALITÉS, JE DI-RAIS...
ON VOUS DONNE UN COUP DE MAIN, PROFES-SEUR ?
MERCI, AVEC PLAI-SIR.
... QU'IL EST TRÈS SYMPATHIQUE AU POINT QUE MÊME LES GARÇONS L'APPRÉ-CIENT !

EN BREF, LE PROFESSEUR SAKURABA EST GÉNIAL ! ♡
POURQUOI TU NE M'AS RIEN DIT, POUR CE STAGE DANS MON LYCÉE ?!
JE VOULAIS TE FAIRE LA SURPRISE.
C'EST RÉUSSI !
J'AI TOUJOURS EU L'INTENTION DE PASSER L'EXAMEN D'APTITUDE AU PROFESSORAT.
D'OÙ MON INSCRIPTION À LA FACULTÉ DE PÉDAGOGIE...
TU COMPTES DEVENIR PROFESSEUR, HAJIMÉ ?
DISONS QUE C'EST L'UNE DE MES OPTIONS FUTURES.
PROFESSEUR SAKURABA, VOUS AVEZ DEUX MINUTES ?

AH, OUI !
J'ARRIVE TOUT DE SUITE.
IL AURA UN SACRÉ SUCCÈS UNE FOIS NOMMÉ TITULAIRE !
AH, AU FAIT !
VEILLE À VOUVOYER TON PROFES-SEUR DEVANT TOUT LE MONDE...
... "MADE-MOISELLE KOIZUMI".

KWIIM
ギュウウ
IL EST TROP SÉDUISANT, JE CRAQUE...
SI J'AVAIS SU QU'UN JOUR...
... HAJIMÉ ET MOI SERIONS ENSEMBLE AU LYCÉE...!
C'EST VRAIMENT...
... LE BONHEUR ! ♡♡
JE T'ENVIE, NÉNÉ...
TU ES VERNIE.
PARDON ?
DE QUOI TU PARLES ?
JE PARLE D'AYATO. TU AS DE LA CHANCE D'ÊTRE ASSISE PRÈS DE LUI.

AYATO ?
AH, LUI ?
C'EST VRAI QU'IL EST JUSTE DERRIÈRE MOI, DEPUIS LE DERNIER CHANGEMENT DE PLACES.
J'ÉTAIS TOUTE CONTENTE DE ME RETROUVER DANS SA CLASSE, MAIS IL EST ASSIS TROP LOIN...
OUI, ET PUIS... C'EST DUR DE L'ABORDER...
OH ? MAIS...
AYATO EST POPULAIRE...?
ATTENDS... TU NE SAVAIS PAS ?
C'EST L'UN DES GARÇONS LES PLUS EN VUE DE NOTRE ANNÉE, JE TE SIGNALE...

IL EST GENTIL, IL SERA BIENTÔT LA VEDETTE DU CLUB DE FOOT...
SANS PARLER DE SON SOURIRE TELLEMENT CRAQUANT... ♡
JE CONFIRME !
ÇA ALORS !
TU ÉTAIS AU COURANT, AKO ?
JE LE TROUVE BEAU, OUI...
MAIS JE N'AIME PAS LES GARÇONS QUI SE PRENNENT POUR DES IDOLES...
SON SOURIRE EST HYPOCRITE, TU NE TROUVES PAS ?

SWASH
TU N'AIMES RIEN FAIRE COMME LES AUTRES, AKO...
KYAAAH !
JOLI TIR...
TU LE DÉTESTES ENCORE PLUS ! TU ES DONC PIRE QUE MOI...
OUPS...
BAM
HÉ, FAIS GAFFE OÙ TU TIRES !
BONK
AÏE !

? ?
DÉSOLÉ NÉNÉ.
JE NE PENSAIS PAS TE TOUCHER.
HEIN ?
IL M'A VISÉE EXPRÈS ?
LE TRUC, C'EST QUE TA TÊTE NE ME REVIENT PAS EN CE MOMENT.
PARDON ?

C'EST QUI, CE MONSTRE ?
C'EST BIEN LE AYATO QUE JE CONNAIS ?
QU'EST-CE QUE JE LUI AI FAIT DE MAL ?
IL T'EN VEUT ENCORE D'AVOIR OUBLIÉ SON NOM, J'IMAGINE ?
LES SÉDUCTEURS COMME LUI ONT UN EGO DÉMESURÉ.
OH LÀ LÀ ! COMMENT ME FAIRE PARDONNER, AKO ?!
AUCUNE IDÉE !
EN TOUT CAS, IL EST PLUS DRÔLE QUE PRÉVU.
TU PLAISANTES, J'ESPÈRE ?
JE N'AI PAS MÉRITÉ CE COUP SUR LA TÊTE !

ZUT ! HAJIMÉ ÉTAIT LÀ !
IL A TOUT VU, SI ÇA SE TROUVE ?!
ÇA VA ?
OH...
うん OUI !
うん OUI !

CE QUI M'ARRIVE EN CE MOMENT...
... JE N'AURAIS PAS OSÉ L'IMAGINER DANS MES RÊVES LES PLUS FOUS...
J'AI UNE CHANCE INCROYABLE QU'IL SOIT LÀ AVEC MOI, AU LYCÉE...
SAKU-RABA.

OH... PROFESSEUR.
BONJOUR.
ALORS, ÇA SE PASSE BIEN...
... TON RETOUR AU BERCAIL ?
CET ENDROIT EST PLEIN DE NOSTALGIE.
LES LIEUX SONT RESTÉS LES MÊMES.
QUE LE TEMPS PASSE VITE ! J'AI L'IMPRESSION DE T'AVOIR REMIS TON DIPLÔME HIER.
TU AS GARDÉ CETTE ATTITUDE POSÉE QUE TU AVAIS ALORS.
ÇA NE TE RENDAIT PAS DRÔLE ET ÇA NON PLUS, ÇA N'A PAS CHANGÉ.
TU ES TOUJOURS AUSSI RASOIR
C'EST LE STRESS, MONSIEUR.
MERCI DE LA REMARQUE...!

JE PEUX TE LE DIRE, À PRÉSENT... À L'ÉPOQUE, TU ÉTAIS UN ÉLÈVE PLUTÔT DIFFICILE.
TU N'AVAIS PEUR DE RIEN, AU POINT DE FRÉQUENTER DES ÉLÈVES PLUS ÂGÉS DÈS TON ARRIVÉE...
CELA EXPLIQUE AUSSI TES PROBLÈMES D'INTÉGRATION EN CLASSE...
C'EST VRAI QUE J'AI ÉTÉ EFFRONTÉ PENDANT UNE CERTAINE PÉRIODE...
PAR CONTRE, POUR MES AMIS PLUS ÂGÉS, C'ÉTAIT JUSTE UN HASARD...

...
VOUS CONTINUEZ À VOUS VOIR, YOSHIZAWA ET TOI ?
NON...
PLUS DEPUIS LA FIN DU LYCÉE...
AH, BON...
QUAND VOTRE RELATION A COMMENCÉ...

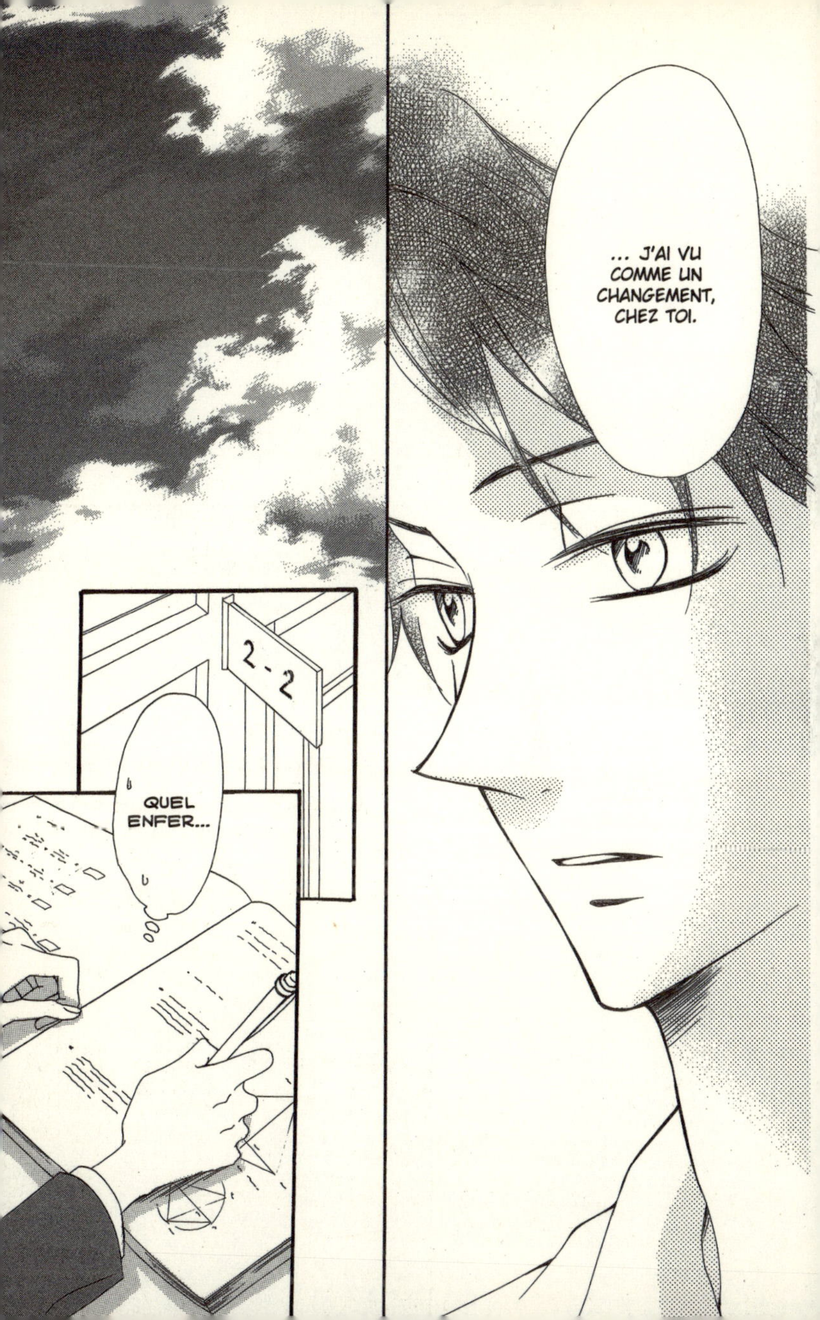
... J'AI VU COMME UN CHANGEMENT, CHEZ TOI.
2-2
QUEL ENFER...

J'AVAIS OUBLIÉ QUE JE DEVAIS LE RENDRE AUJOURD'HUI, CE DEVOIR !
LE PROF VA ME GRONDER SI JE SUIS EN RETARD DÈS LA RENTRÉE !
ET EN PLUS, AKO M'A LAISSÉE TOMBER !
MOI, JE RENTRE. COURAGE !
DZZT
BONJOUR.
MERCI ENCORE D'AVOIR SERVI DE MODÈLE.
COMMENT ÇA S'EST PASSÉ, AVEC TON PETIT AMI ?
OH !
C'EST HIKARI !
NOUS ALLONS LANCER UN SERVICE DE MANUCURE RÉSERVÉ À NOS CLIENTES.
PASSE EN PROFITER QUAND TU VEUX !
C'EST VRAI QUE JE SUIS ABONNÉE À SON RÉSEAU SOCIAL.

UNE MANUCURE ?!
JE N'EN AI JAMAIS FAIT !
JE VAIS Y ALLER, C'EST SÛR !
... DEPUIS MA RENCONTRE AVEC HIKARI.
J'AI L'IMPRESSION QUE LA VIE ME SOURIT...
OH !
CLAK
HAJIMÉ !
COUCOU !
MH ?

TU N'ES PAS ENCORE RENTRÉE ?
TOI NON PLUS, HAJIMÉ !
C'EST NORMAL ! JE DOIS PRÉPARER MES COURS DE DEMAIN, ET MILLE AUTRES CHOSES...
LA VUE PAR CETTE FENÊTRE ME MAN-QUAIT...
J'ÉTAIS DANS LE GROUPE 2 MOI AUSSI, EN DEU-XIÈME ANNÉE.
VRAI-MENT ?
QUEL CHARMANT HASARD ! ♡

ON A UNE VUE IMPRENABLE SUR LA SALLE DES PROFS, DEPUIS CETTE PLACE... ALORS MES CAMARADES M'AVAIENT CHARGÉ DE SURVEILLER LEURS ALLÉES ET VENUES.
HA HA HA !
C'EST TOUJOURS LE CAS.
HAJIMÉ A ÉTUDIÉ DANS CETTE SALLE... C'EST INCROYABLE, QUAND J'Y PENSE...
TU ÉTAIS INSCRIT DANS UN CLUB, HAJIMÉ ?
OUI, CELUI DE FOOTBALL PENDANT UN MOMENT, MAIS JE SÉCHAIS LES ENTRAÎNEMENTS.
OOH...
J'AURAIS BIEN AIMÉ LE RENCONTRER...
... LE HAJIMÉ DE CETTE ÉPOQUE...

À QUI EST CET UNIFORME ?
QUELQU'UN L'A OUBLIÉ ?
AH... C'EST LA VESTE D'AYATO OTOKAWA...
IL EST AU CLUB... IL LA REPRENDRA APRÈS SON ENTRAÎNEMENT, JE PENSE...
HAJIMÉ...
QUOI ?
OUH !
TU VEUX BIEN LA METTRE ?
PAS QUESTION !
JE M'Y ATTENDAIS !
ALLEZ, JUSTE UNE SECONDE !
JE T'EN PRIE ! C'EST JUSTE POUR VOIR !
LE MOMENT EST MAL CHOISI POUR RETOMBER EN ADOLESCENCE !
JE TRAVAILLE, ICI !
CETTE CHANCE NE SE REPRÉSENTERA SANS DOUTE JAMAIS ! S'IL TE PLAÎT !

AU FINAL...
QUELLE POISSE ! ELLE EST JUSTE À MA TAILLE !
KYAAAH!! ♡
KWIIM
TU AS ENCORE TOUT CE QU'IL FAUT POUR SÉDUIRE LES LYCÉENNES, HAJIMÉ !
C'EST UN COMPLIMENT ?!
JE M'EN PASSE !
ÇA SUFFIT, JE L'ENLÈVE...
NON, ATTENDS !

PROFITONS DE L'OCCASION ! VIENS T'ASSEOIR PRÈS DE MOI ! ♥
FAIS CE QUE TU VEUX, J'ABAN-DONNE.
CLAK
HI HI...
TU AS L'AIR DE BIEN T'AMU-SER...
COMPRENDS-MOI ! C'EST COMME UN RÊVE DE TE VOIR AINSI !

JE M'IMAGINE EN COURS AVEC TOI, COMME SI ON ÉTAIT AU LYCÉE EN-SEMBLE !
...
CLAK
ガタン
<< JE PEUX VOIR TON CAHIER, NÉNÉ? >>

CE GENRE DE CHOSES ?
OU... OUI, VOILÀ...
CE GENRE DE CHOSES...
EN PARLANT DE TON CAHIER... TU N'AS PAS DU TOUT FINI TES EXERCICES !
ÇA VA ALLER ? TU AS BESOIN D'UN COUP DE MAIN ?
EUH...
JE...
LÀ, IL VAUT MIEUX UTILISER CETTE FORMULE...
ET ICI...
GHH...

TU M'ÉCOU-TES ?
VOUI !
TING !
C'EST TOI QUI AS VOULU JOUER À CE PETIT JEU !
MAINTENANT, TU ASSUMES !
PAF
OUH... DÉSOLÉE, J'Y ARRIVE PAS...
INUTILE D'ÊTRE AUSSI CRISPÉE !
TU ES CRUEL...
TU LE SAIS BIEN... CETTE SITUATION...
... C'EST MOI QU'ELLE TOUCHE LE PLUS.

J'AI PEUR DE FINIR TOUR-MENTÉE...
... SI JE LAISSE GRAN-DIR MON AMOUR...
BON, FINI DE JOUER.
JE DOIS Y ALLER.
D'AC-CORD...
SI JA-MAIS...

SI JAMAIS ON AVAIT ÉTÉ ÉLÈVES EN-SEMBLE...
... QUELLE AURAIT ÉTÉ NOTRE RELATION, À TON AVIS ?
BONNE QUESTION...

JE N'ÉTAIS QU'UN GOSSE, À L'ÉPOQUE.
JE PENSE QUE TU NE M'AURAIS MÊME PAS REGARDÉ.
OH !
JE SUIS SÛRE QUE SI !
TU SAIS, HAJIMÉ...
... CE N'EST PAS JUSTE TON CÔTÉ ADULTE QUI M'ATTIRE...
IL Y A TON SOURIRE UN PEU NARQUOIS...
... OU TA GENTILLESSE PARFOIS MOQUEUSE...
UNE PERSONNALITÉ NE CHANGE PAS TANT QUE ÇA AU COURS DU TEMPS...

JE SUIS CERTAINE QU'À L'ÉPOQUE OÙ TU ÉTAIS LYCÉEN...
... JE T'AURAIS AIMÉ COMME JE T'AIME AUJOUR-D'HUI.

AUJOUR-D'HUI JUSTEMENT, JE SUIS "PROFES-SEUR".
JE DOIS ME COMPORTER EN ADULTE RESPON-SABLE.

ALORS...
... FINI.
À PLUS TARD.
DING DONG... DING DONG...
FAIS ATTENTION EN RENTRANT.

« PATIENTE JUSQU'À CE QUE J'AIE FINI. »
CHERCHE-T-IL À ME DIRE...
... QUE J'AI RAISON...
... DE GARDER ESPOIR ?

MFF...
INTÉRESSANT, CE PETIT SPECTACLE...

TIENS ?
CE N'EST PAS MON ODEUR...

épisode.
07

J'AIMERAIS APPARAÎTRE PLUS SOU-VENT, MERCI !
TSSK !

Les foudres de l'amour ♡

QU'EST-CE QUI TE FAIT DIRE ÇA ?
C'EST TOUT LE TEMPS LE CAS QUAND TU PORTES UNE QUEUE-DE-CHEVAL.
C'EST INCONSCIENT, CHEZ TOI ?
EH BIEN... QUI SAIT ?
BONJOUR PROFESSEUR SAKURABA !
BONJOUR.

« PATIENTE... »
DOM...
DOM...
BON...!
HUM... BON-JOUR... PROFES-SEUR.
PARLE PLUS FORT !
ON N'ENTEND RIEN !
PSHII...
BON-JOUR.
OH.
TES CHE-VEUX.
C'EST LA PRE-MIÈRE FOIS QUE TU LES NOUES ?
!

IL A TOUT DE SUITE REMARQUÉ...!
MH ?
HI HI HI...
POURQUOI VOUS RIEZ ?
PARCE QUE...
... TU ES SI FACILE À COMPRENDRE, NÉNÉ.
!
C'EST MÉCHANT ...!
JE VEUX DIRE PAR LÀ QUE TU ES MIGNONNE.
OH !

JE N'EN REVIENS PAS.
SURTOUT QUE J'AIME BEAUCOUP CETTE COIF-FURE...
VOIS-TU ?
PSHOUU...
JE LA PORTERAI CHAQUE JOUR, ALORS !
ET ÇA ROUCOULE DEVANT TOUT LE MONDE...
J'AI L'IMPRESSION DE VIVRE UN RÊVE, ET POURTANT...
... TOUT EST BIEN RÉEL.

TAK
?
スル…
FWISH...
OH ! NON ! MON ÉLASTIQUE A CASSÉ !
PENDANT UN INSTANT, J'AI CRU QUE MON RÊVE SE DÉCHIRAIT !
TU EN VEUX UN AUTRE ?
OH...

AYATO...
MAIS...
POURQUOI AS-TU CET ÉLASTIQUE ?
J'AI LES CHEVEUX LONGS, MOI AUSSI. JE LES ATTACHE QUAND JE VAIS AU CLUB.
OOH...
MERCI.
ÇA NE COÛTE RIEN, GARDE-LE.
D'ABORD IL M'ENVOIE UN BALLON DANS LA FIGURE, ET MAINTENANT...
... IL EST GENTIL AVEC MOI.
DIS DONC, NÉNÉ...
EST-CE QUE TU SORS AVEC LE PROFESSEUR SAKURABA, PAR HASARD ?

QUOI ?!
P-P POU-POU... POURQUOI ?!
JE VOUS AI SURPRIS, L'AUTRE SOIR... VOUS ÉTIEZ SEULS EN CLASSE...
L'AMBIANCE N'ÉTAIT PAS VRAIMENT "PROFESSEUR/ÉLÈVE"...
BODOM
EN... EN FAIT...
JE RECONNAIS QU'IL A DE LA SUITE DANS LES IDÉES, VU QU'IL S'EST DÉBROUILLÉ POUR FAIRE SON STAGE DANS TON LYCÉE.

PAR CONTRE, MÉLANGER VIE PRIVÉE ET PROFESSIONNELLE...
... CE N'EST PAS TRÈS ADULTE, JE TROUVE...
ARRÊTE !
TU TE TROMPES !
HAJI... EUH, LE PROFESSEUR SAKURABA... N'EST PAS COMME ÇA.
EN...
ON SE CONNAISSAIT AVANT SON ARRIVÉE AU LYCÉE...
... MAIS C'EST MOI QUI AI DES SENTIMENTS POUR LUI.
EN TOUT CAS...
... NE RÉPAND PAS DE FAUSSES RUMEURS, S'IL TE PLAÎT.
LE PROFESSEUR SAKURABA EST VENU ICI POUR TRAVAILLER.

JE NE VEUX SURTOUT PAS LE GÊNER.
...
JE N'AI JAMAIS EU L'INTENTION D'EN PARLER À QUI QUE CE SOIT.
ATTENDS...
TU ME PRENDS POUR LE MÉCHANT DE L'HISTOIRE OU QUOI ?
NON, MAIS... N'EMPÊCHE...
JE CROYAIS JUSTE...
... QUE TU AVAIS UNE DENT CONTRE MOI.
EUH... NON.
CE N'EST PAS LE CAS.

...
HEIN ?
MERCI ENCORE POUR L'ÉLASTIQUE.
TU SAIS, AYATO... ÇA T'IRAIT BIEN À TOI AUSSI, DE TE COUPER LES CHEVEUX.
ILS CACHENT TES OREILLES, ÇA M'A TOUJOURS UN PEU GÊNÉE.
JE PEUX TE DONNER L'ADRESSE D'UN BON COIFFEUR, SI TU VEUX.
JE...
JE M'EN FICHE DE CE QUE TU PENSES DE MA COUPE !
MÊLE-TOI DE TES OIGNONS !
JE ME DISAIS BIEN ! PARDON !

J'AI ENCORE RÉUSSI À LE FROISSER...
ZUT...
JE SUIS NULLE !
EN TOUT CAS, AYATO EST LA PREUVE...
... QUE MA RELATION AVEC HAJIMÉ RISQUE D'ÉVEILLER LES SOUPÇONS.
JE DOIS ÉVITER TOUT COMPORTEMENT STUPIDE.

DURANT LE TEMPS DE SON STAGE, JE DOIS ME RÉSIGNER...
... À CETTE RELATION "ÉLÈVE/PROFESSEUR".
IL T'A DEMANDÉ...
... DE "PATIENTER" ?
MAIS ALORS... ÇA VEUT DIRE QUE C'EST QUASIMENT BON, ENTRE VOUS !
JE... JE NE SAIS PAS TROP...
C'EST VRAI QU'IL N'A PAS TROP MAL RÉAGI QUAND JE LUI AI FAIT MA DEUXIÈME DÉCLARATION...
TA DEUXIÈME DÉCLARATION ?!
TU ES VRAIMENT UNE FEMME DE CRAN, NÉNÉ !

LA FORCE DE TES SENTIMENTS L'A TOUCHÉ, SOIS-EN SÛRE.
UN HOMME NE PEUT ÊTRE QU'HEUREUX D'AVOIR QUELQU'UN QUI PENSE AUTANT À LUI.
JE T'ENVIE, TU SAIS ?
LA FRANCHISE, C'EST VRAIMENT LA PREMIÈRE DES QUALITÉS.
OH !
EST-CE QUE PAR HASARD, TU ES TOI AUSSI AMOUREUSE D'UN GARÇON ?
AH...
NON...
COMMENT DIRE...

J'AI VÉCU UNE HISTOIRE D'AMOUR...
... DONT LA FIN ME LAISSE QUELQUES REGRETS.
TOUT S'EST MAL TERMINÉ PARCE QU'À L'ÉPOQUE...
... J'ÉTAIS INCAPABLE D'EXPRIMER MES SENTI-MENTS.
SI C'ÉTAIT À REFAIRE ...
... JE SAIS QUE JE M'EN SORTIRAIS MIEUX, AUJOUR-D'HUI.
HIKARI GARDERAIT-ELLE...

... LE SOUVENIR D'UN AMOUR INDÉLÉBILE ?
J'AI CHOISI UN RENDU NATUREL POUR T'ÉVITER DES PROBLÈMES À L'ÉCOLE !
C'EST SUPER ! MERCI BEAUCOUP !
OUAAH...
C'EST INCROYABLE COMME LES ONGLES DEVIENNENT BEAUX QUAND ON EN PREND SOIN !
JE SUIS SI CONTENTE ! ♡♡
TIENS ?
MAIS...

NÉNÉ ! QUE FAIS-TU LÀ ?
GHH !
C'EST TOI, AYATO ?
QUEL HASARD !
C'EST TON COIFFEUR HABITUEL, ICI ? ALORS ÇA Y EST...
... TU AS COUPÉ TES CHEVEUX ?
ARGH !
PFF !
ÇA N'A AUCUN RAPPORT AVEC TA REMARQUE !
J'Y PENSAIS DEPUIS LONGTEMPS !
?
D'AC-CORD.

TU ES MILLE FOIS MIEUX AINSI !
PSHH...
ほんわ～
OUPS...!
は…っ
COMME JE T'AI DIT, JE ME FICHE DE TON AVIS !
AH OUI, C'EST VRAI.
ALLEZ, SALUT !

IL SUFFIT QUE JE LUI PARLE POUR QU'IL S'ÉNERVE, C'EST TERRIBLE.
ÇA LE TOUCHE TANT QUE ÇA, CETTE HISTOIRE DE CHEVEUX ?
TU CONNAIS CE GARÇON ?
IL EST MIGNON, DIS DONC.
C'EST UN CAMARADE DE CLASSE.
OUI.
OOH... TON ÉCOLE EST PROCHE D'ICI ?
JE SUIS AU LYCÉE HIGASHI-ICHI.
TU VOIS OÙ IL SE TROUVE ?

TU PLAI-SANTES ?!
C'EST MON ANCIEN LYCÉE !
OH...
C'EST VRAI ?!
MAIS... JE CROYAIS QUE TU VIVAIS À KYUSHU...
SAUF POUR MES ANNÉES DE LYCÉE !
TU ES MA CADETTE, TU TE RENDS COMPTE ?
C'EST SÛR, À PRÉSENT !
IL Y A UN LIEN SPÉCIAL ENTRE NOUS, NÉNÉ !
SI ÇA SE TROUVE, ON A MÊME DES AMIS COM-MUNS !
BODOM

C'EST...
... ÉTRANGE.
J'AI... COMME UN POIDS...
... SUR LE CŒUR...
REVIENS QUAND TU VEUX !

« AU MOMENT DU LYCÉE, J'AI QUITTÉ KYUSHU...
« ... POUR VENIR ÉTUDIER ICI. »
« ELLE A TOUJOURS VÉCU À KYUSHU, SAUF POUR SES TROIS ANNÉES DE LYCÉE QU'ELLE A PASSÉES DANS TON ÉCOLE... »
HIKARI

COIFFEUSE
HIKARI YOSHIZAWA
ドクン
BODOM
HIKARI SERAIT...
... L'EX-COPINE DE HAJIMÉ ?
EST-CE QUE...
... JE ME FAIS DES IDÉES ?

EN TOUT CAS...
... J'ESPÈRE ME TROMPER.
NÉNÉ ?
DOM
HA...
HAJIMÉ !

QUE FAIS-TU LÀ ?
TOUTE SEULE DANS TON COIN...
OH... RIEN.
ET TOI DONC, HAJIMÉ ?
C'EST TON JOUR DE CONGÉ, AUJOURD'HUI.
QU'AS-TU FAIT DE BEAU ?
MH ?
RIEN DE SPÉCIAL ...
JE ME SUIS REPOSÉ TRANQUILLEMENT À LA MAISON.
LÀ JE REVIENS DES COURSES.
JE COMPRENDS MIEUX, POUR LES LUNETTES.
ZUT, MIEUX VAUT ÉVITER CE SUJET.
ET, EUH... IL EST BIEN, TON STYLE NÉGLIGÉ ...
...

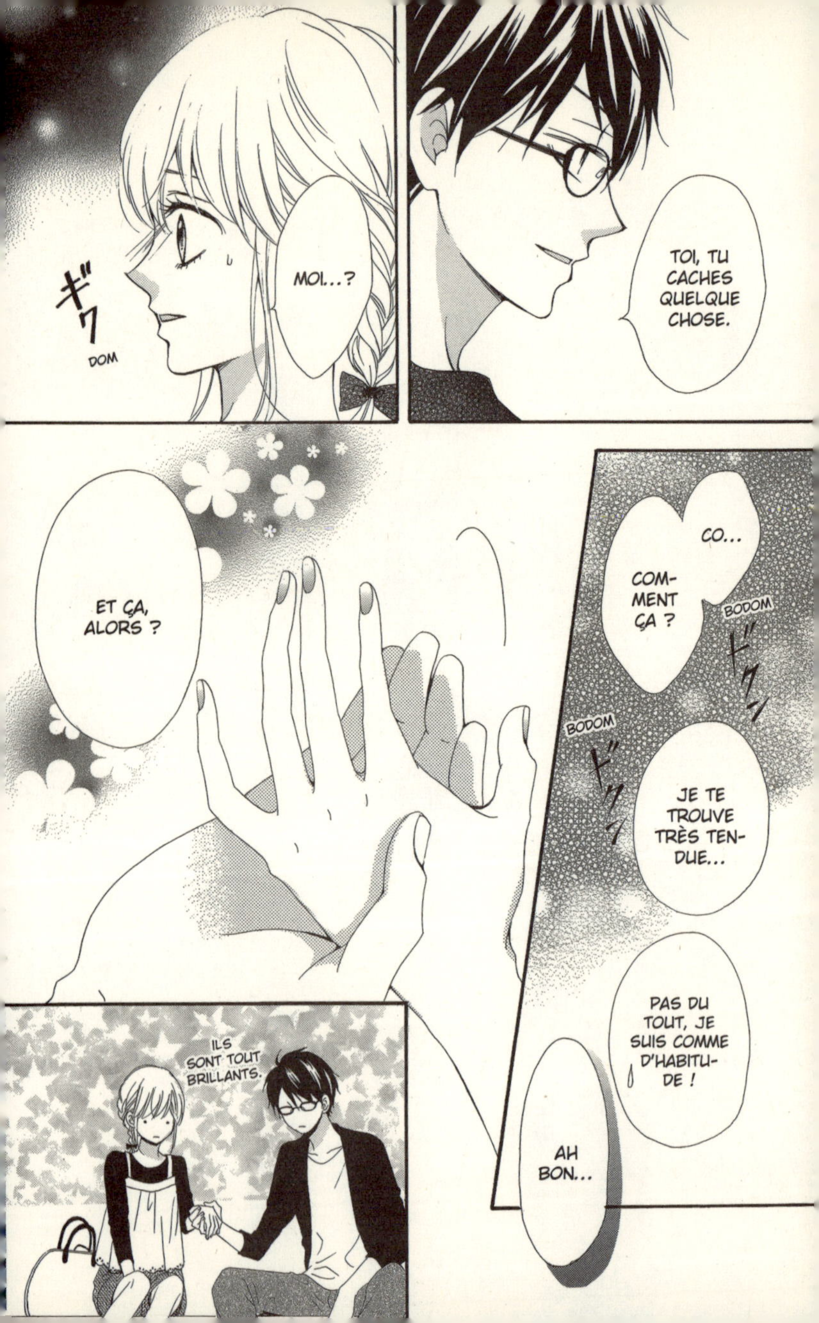
TOI, TU CACHES QUELQUE CHOSE.
MOI... ?
ギク
DOM
CO...
COM-MENT ÇA ?
BODOM
ドクン
BODOM
ドクン
JE TE TROUVE TRÈS TEN-DUE...
ET ÇA, ALORS ?
PAS DU TOUT, JE SUIS COMME D'HABITU-DE !
AH BON...
ILS SONT TOUT BRILLANTS.

IL PARLAIT... DE MES ONGLES.
TU AS FAIT UNE MANUCURE ?
EUH... OUI.
J'AI EU L'OCCASION D'EN FAIRE UNE GRATUITE, AUJOURD'HUI.
J'IGNORAIS QUE LE RÉSULTAT POUVAIT ÊTRE AUSSI NATUREL...
SA...

SA MAIN...
TU METS ADROITEMENT TES CHARMES EN VALEUR, EN CE MOMENT... QU'EST-CE QUI T'ARRIVE ?
TU CHERCHES À ME METTRE MAL À L'AISE, C'EST ÇA ?
MH ?
DE QUOI TU PARLES ?
TU LE SAIS TRÈS BIEN...
C'EST NATUREL POUR UNE JEUNE FILLE...
... DE CHERCHER À ÊTRE BELLE EN PRENANT SOIN D'ELLE.

MMH...

DIS... HAJI-MÉ...
OUI ?
DANS LE CAS OÙ HIKARI EST BIEN SON ANCIENNE PETITE AMIE...
VOILÀ, JE...
... QU'ARRIVE-RA-T-IL, SI JAMAIS...
... LEURS CHEMINS DEVAIENT À NOUVEAU...
... SE CROI-SER ?
JE...

JE T'AIME.
NE T'EN VA PAS.

ドキー
BODOM
QU'EST-CE QUI TE PREND ?
JE N'AI RIEN VU VENIR !
PARDONNE-MOI.
TU DOIS ME TROUVER INSISTANTE.
MAIS... TE LE RÉPÉTER..

... C'EST LE SEUL MOYEN D'ÉVACUER MON MA-LAISE.
J'IGNORE CE QUI T'ARRIVE, NÉNÉ...
PAR CONTRE, JE T'ASSURE QUE J'ÉTAIS SÉRIEUX L'AUTRE JOUR.
ALORS AIE CONFIANCE EN TOI, UN PEU.

D'AILLEURS, POUR ÊTRE FRANC...
... JE MEURS D'ENVIE DE TE PRENDRE DANS MES BRAS.
OH...
BON.
IL SE FAIT TARD, REN-TRONS.

HAA... QUELLE GALÈRE.
JE ME SENS DE MOINS EN MOINS CAPABLE D'ATTENDRE.
GRAT GRAT
J'AI LE SENTIMENT...
... QUE MON SOUHAIT EST SUR LE POINT DE SE RÉALISER...
JE N'AI...
... PLUS QU'UNE PEUR.
QUE L'ORAGE...
... FINISSE PAR ÉCLATER.

J'AVAIS L'INTENTION DE COUPER LES CHEVEUX D'AYATO DEPUIS LE DÉBUT DE LA SÉRIE.
AH BON ? JE L'IGNORAIS.
JE M'ATTENDAIS À CE QU'IL PERDE UN PEU DE SA PERSONNALITÉ, MAIS PAS À CE POINT ! JE SUIS CHOQUÉE...
HÉ !
ÇA SUFFIT LES BÊTISES !

épisode.
08

JE SOUPÇONNE HIKARI...
... D'ÊTRE L'EX-COPINE DE HAJIMÉ.

Memories of school life
FWIP...
LE VOILÀ.
C'EST CELUI-CI.
MES CRAINTES SERONT CONFIRMÉES SI JE TROUVE LEURS DEUX PHOTOS...
... DANS LE MÊME ALBUM DE CLASSE.
AAH !
J'AI PEUR DE REGARDER !
FLIP
HAJIMÉ SAKURABA
FLIP

HIKARI YOSHIZAWA
OH NON...
DITES-MOI...
... QUE JE RÊVE...
J'AVAIS RAISON, ALORS.
À PART CET AIR UN PEU INNOCENT, ELLE N'A PRESQUE PAS CHANGÉ.
C'EST BIEN HIKARI.

QUI AURAIT PU IMAGINER QU'UN JOUR, JE TOMBERAIS SUR SON ANCIENNE PETITE AMIE ?
C'ÉTAIT SANS COMPTER SUR LE HASARD...
ALORS, C'EST BIEN VRAI.
ILS SORTAIENT ENSEMBLE.

...
QUE FAIRE, À PRÉSENT ?
JE LUI AVOUE QUE JE CONNAIS SON EX ?
NON, IL N'Y COMPRENDRAIT PLUS RIEN...
よろ
BWIK...

BODOM
どきぃ
HAJIMÉ ...!
C'EST RARE DE TE VOIR ICI.
TU FAIS DES RECHER-CHES ?
EN... EN QUELQUE SORTE, OUI !
D'AIL-LEURS, J'AI FI-NI !
HOULÀ ! JE DOIS VITE AL-LER EN COURS !
NON, JE NE PEUX RIEN LUI DIRE.
?
LE RISQUE EST TROP GRAND...
... DE RÉVEILLER D'ANCIENS SOUVE-NIRS.

ET DIRE QU'HAJIMÉ COMMENÇAIT ENFIN À ME REGARDER...
VOUS AVEZ VU ? AYATO S'EST COUPÉ LES CHEVEUX.
JE LE PRÉFÉRAIS AVANT...
CETTE NOUVELLE COUPE EST D'UN BANAL...
IL ENTEND TOUT CE QUE VOUS DITES, LES FILLES...
TENTATIVE DE DÉFENSE
JE TROUVE QUE ÇA LUI DONNE UN AIR PLUS FRAIS !
C'EST BIEN, AVEC L'ÉTÉ QUI ARRIVE !
ボソ
PSST
SI ÇA TE PLAÎT, TANT MIEUX.
PARDON ?
ガラ
SHLAK

LE COURS VA COMMENCER.
REGAGNEZ VOS PLACES, S'IL VOUS PLAÎT.
ET EN PLUS, J'AI COURS AVEC HAJIMÉ...
ON REPREND AU DERNIER CHAPITRE...
DU CALME, NÉNÉ... TOUT VA BIEN SE PASSER ...
« J'AI VÉCU UNE HISTOIRE D'AMOUR...
« ... DONT LA FIN ME LAISSE QUELQUES REGRETS. »
« SI C'ÉTAIT À REFAIRE...
« ... JE SAIS QUE JE M'EN SORTIRAIS MIEUX, AUJOURD'HUI. »
だら
PLIC...
だら
PLIC...

AAH ! QUEL ENFER !
QU'A-T-ELLE VOULU DIRE PAR LÀ ?!
EST-CE QUE...
... VOUS AVEZ DES QUESTIONS ?
OUI !
JE VOUS ÉCOUTE.
DITES, PROFESSEUR...
VOUS AVEZ UNE PETITE AMIE ?

ザワ
BLA
MOI AUSSI, J'AIMERAIS SAVOIR ! ♡
LA RÉPONSE EST OUI, C'EST ÉVIDENT !
VOUS AVEZ FOR-CÉMENT DU SUCCÈS, PROFES-SEUR !
PARDON ?
SI VOUS ÊTES CÉLIBATAIRE, JE ME PORTE CANDIDATE !
JE TE COM-PRENDS !
HA HA HA !
JE ME CONTENTE-RAI DE VOS COMPLI-MENTS.
REPRE-NONS LE COURS.
MOI, JE SAIS AVEC QUI LE PROFESSEUR SORTAIT QUAND IL ÉTAIT LYCÉEN !

TU ES SÉRIEUSE ?!
MA GRANDE SŒUR A UN AN DE MOINS QUE MONSIEUR SAKU-RABA.
À L'ÉPO-QUE, TOUT LE MONDE SAVAIT QU'IL SORTAIT AVEC UNE JOLIE FILLE DE SA CLASSE !
C'EST VRAI ?!
C'EST QUOI CETTE HISTOIRE ?!
JE SERAIS CURIEUSE DE LA VOIR !

PROFESSEUR ! VOUS ÊTES TOUJOURS ENSEMBLE, AUJOURD'HUI
HÉ HÉ...
JE RÉPONDRAI À CES QUESTIONS PERSONNELLES PLUS TARD, ET EN PRIVÉ.
EN PARLANT DE JOLIE FILLE...
NOTRE PROF DE LITTÉRATURE...
... IL SE PAVANE DEPUIS CETTE SOIRÉE-RENCONTRE OÙ IL AURAIT RÉUSSI À LEVER UNE VRAIE BEAUTÉ...
CE VIEUX DÉPLUMÉ ?!
VU SA TÊTE, IL A DÛ TOMBER SUR UNE CROQUEUSE DE DIAMANTS !
WAH HA HA !
QU'EST-CE QU'IL FICHAIT À UNE SOIRÉE PAREILLE, LUI QUI NOUS VANTE LES MÉRITES DU CÉLIBAT ?!

IL MENTAIT POUR SAUVER LA FACE, LE PAUVRE !
HA HA HA...
JE SAIS QUI EST CETTE FEMME, MOI...
MAIS JE NE PENSAIS PAS QUE ÇA ME TOUCHERAIT AUTANT...
HIKARI...

COMMENT VAIS-JE FAIRE...
... POUR TE REGARDER EN FACE ?
OTOKAWA.

TOUT À L'HEURE...
... MERCI D'AVOIR CHANGÉ DE SUJET.
TU M'AS TIRÉ D'UN MAUVAIS PAS.
TU ES HABILE.
JE NE L'AI PAS FAIT POUR VOUS.
PARDON ?

JE L'AI FAIT POUR LA FILLE ASSISE DEVANT MOI...
J'AI BIEN VU QUE CETTE DISCUSSION LA GÊNAIT.
...
AYATO !

TU VIENS FAIRE UN FOOT ?
J'AR-RIVE !
AH !
VOUS VENEZ JOUER AVEC NOUS, M'SIEUR SAKURA-BA ?!
MAIS OUI...
VOUS FAISIEZ DU FOOT AU LYCÉE, PROFES-SEUR...
C'EST VRAI...
MAIS JE SUIS DÉBORDÉ, LÀ... JE PASSE MON TOUR !
MFF...
DOM-MAGE...
ALORS, LE PRO-FES-SEUR ?
IL VIENT JOUER OU PAS ?
NON. IL DIT QU'À SON ÂGE, IL N'A PLUS LA FORME DE SA JEUNESSE.
TAK

VRAIMENT ?
ゆら
KWIP
ザワ
WAH !
ザワ
WAH !
D'OÙ VIENT CE VACARME ?
LE PROFESSEUR SAKURABA JOUE AU FOOT AVEC LES GARÇONS !
C'EST VRAI ?! ALLONS LES VOIR !

AYATO JOUE AUSSI !
C'EST BIEN...
ILS ONT L'AIR DE BEAUCOUP S'AMUSER...
AU FOOT ?
KYAAH !
AYATO !
WAAH !

OH !
C'EST PARTI !
WAAH !
ALLEZ PROFESSEUR !
JOLIE PASSE !
OOH... IL EST DOUÉ, NOTRE PROFESSEUR...

IL A L'AIR DANS SON ÉLÉMENT, AU MILIEU DE LYCÉENS.
C'EST LA PREUVE QU'IL EST ENCORE JEUNE...
Z'ÊTES DÉJÀ À BOUT DE SOUFFLE, PROF ?! COUREZ UN PEU !
JE N'ARRÊTE PAS !
IL S'AMUSE BIEN, ON DIRAIT.
HI HI...
COMME UN GARÇON DE MON ÂGE...
QUELLE CHALEUR...

OH...
LES COURBATURES VONT ÊTRE TERRIBLES, DEMAIN ...
AÏE ...
ぼーー...
DZZZ...

TU N'ES PAS CENSÉE NETTOYER ?
TU N'AS PLUS BEAUCOUP DE TEMPS, ACTIVE-TOI.
PAR-DON ?
OUAH !! LA FROUSSE !!
TU ÉTAIS PERDUE DANS TES PENSÉES ?
NON, PAS VRAI-MENT...
J'AI JUSTE TROUVÉ TON MATCH DE FOOT TRÈS ANIMÉ.
TU SEMBLAIS SI MOTIVÉ PENDANT CETTE PARTIE.
CLAC
ガタ
OH, JE N'AI PAS FAIT GRAND-CHOSE...
ON A LAISSÉ OTOKAWA MARQUER LES BUTS, ET VOILÀ.
AYATO EST SI DOUÉ QUE ÇA ?
TU L'AS BIEN VU, NON ?

EN FAIT...
JE NE REGARDAIS QUE TOI, HAJIMÉ...
ALORS JE NE SAURAIS PAS DIRE... HA HA...
ピシ…
SHLAK...
MAIS...

QU... QU'Y A-T-IL ?
C'EST À PROPOS... ... DE CE QUI S'EST PASSÉ EN COURS...
JE ME DEMANDE SI ÇA TE TRACASSE...
OH... OH NON, CE N'ÉTAIT RIEN DU TOUT !
JE M'EN DOUTAIS BIEN... EN FAIT...

... J'AVAIS DÉJÀ PLUS OU MOINS COMPRIS.
DANS CE CAS, ÇA VA... ENFIN...
... COMME TU SEMBLAIS BIZARRE DERNIÈREMENT, J'AVAIS PEUR QUE TU TE SENTES MAL...
BODOM
NON, JE VAIS BIEN.
DE TOUTE FAÇON, J'AI TOUJOURS ÉTÉ UN PEU BIZARRE.
JE NE PARLE PAS DE ÇA, NÉNÉ...
JE NE VEUX PAS CREUSER LE SUJET...
PARDON, J'AI ENCORE DU RANGEMENT À FAIRE AVANT DE RENTRER...
JE DOIS Y ALLER...

WIP...
C'EST RARE, NÉNÉ, MAIS POUR UNE FOIS...
... IMPOSSIBLE DE SAVOIR CE QUE TU PENSES.
D'ABORD TU DIS QUE TU M'AIMES...
... ET ENSUITE, TU T'ENFUIS.

ÇA T'AMUSE DE MENER UN ADULTE PAR LE BOUT DU NEZ ?

DOM
NON...
JE NE VEUX PAS...
À FORCE DE NE RIEN DIRE SUR HIKARI...
... J'AI FINI PAR LES POUSSER L'UN VERS L'AUTRE.

DANS CE CAS...
HAJIMÉ... JE DOIS TE PARLER...
J'AIMERAIS ATTENDRE...
... QUE TU AIES TERMINÉ TA JOURNÉE POUR RENTRER AVEC TOI.
C'EST...
... IMPORTANT...
LA MEILLEURE FAÇON DE CALMER MES DOUTES, C'EST ENCORE...
... DE LUI PARLER FRANCHEMENT.

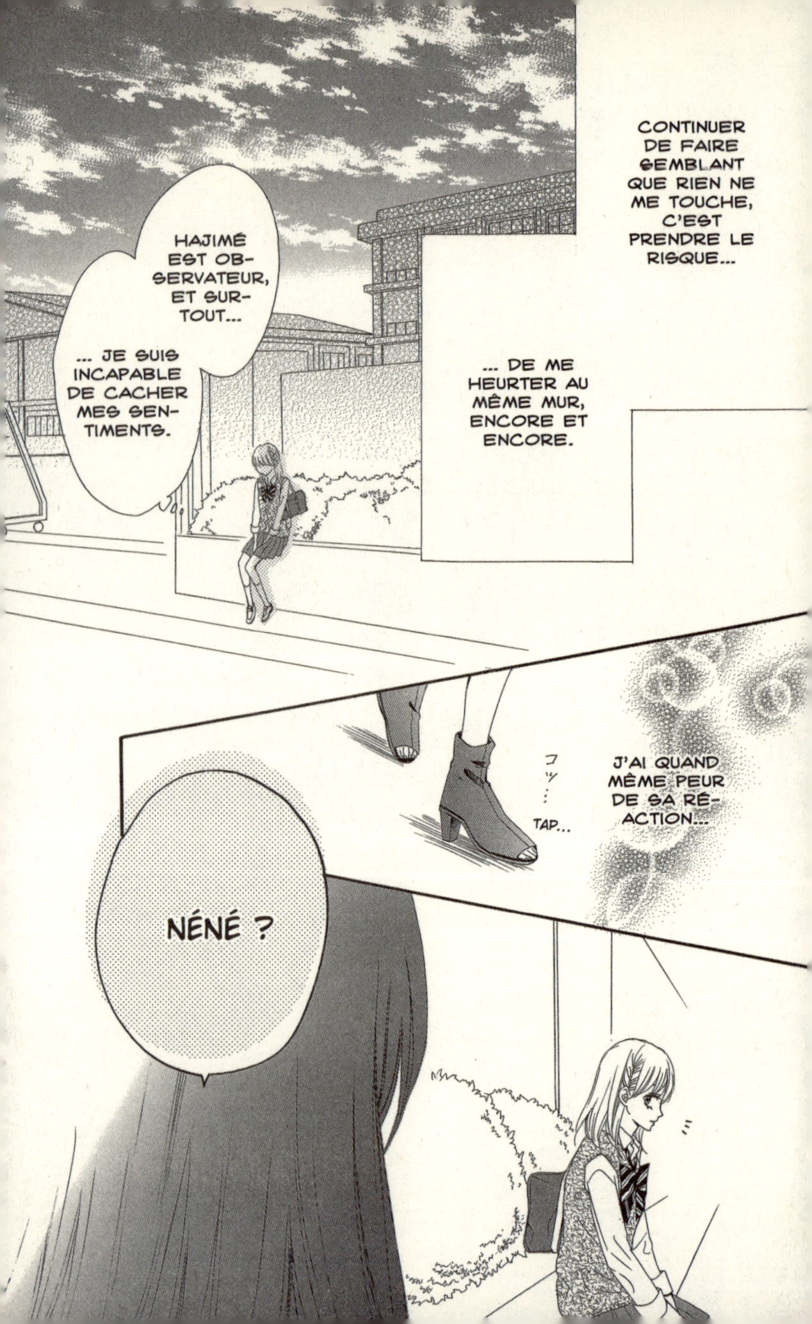

CONTINUER DE FAIRE SEMBLANT QUE RIEN NE ME TOUCHE, C'EST PRENDRE LE RISQUE...
... DE ME HEURTER AU MÊME MUR, ENCORE ET ENCORE.
HAJIMÉ EST OB-SERVATEUR, ET SUR-TOUT...
... JE SUIS INCAPABLE DE CACHER MES SEN-TIMENTS.
J'AI QUAND MÊME PEUR DE SA RÉ-ACTION...
コツ...
TAP...
NÉNÉ ?

MAIS OUI, C'EST BIEN TOI !
BONJOUR !
HIKARI ?
QUE FAIS-TU ICI ?
JE PASSAIS SALUER, AVEC RETARD, MON ANCIEN LYCÉE.
POUR L'INSTANT, PERSONNE N'EST AU COURANT DE MON RETOUR À TOKYO.

JE SAIS BIEN QUE TU ÉTUDIES ICI, MAIS...
... JE NE PENSAIS PAS TE RENCONTRER !
TU ATTENDAIS QUELQU'UN ?

J'AURAIS MIEUX FAIT D'Y ALLER, À TOUS CES EN-TRAÎNEMENTS DE FOOT...
MAIS JE NE PENSAIS QU'À LA MOTO, À L'ÉPOQUE...

épisode.
09

Les foudres
de l'amour ♡

HAJIMÉ...?
...!
JE LE SAVAIS...!
HIKARI EST BIEN...
... SON EX-COPINE...
QUE FAIS-TU ICI...?

LE GARÇON QUE TU AIMES, EST-CE QUE PAR HASARD ...
JE SUIS DÉSOLÉE...!
JE NE POUVAIS PAS SAVOIR...!
!
« IL A DÉJÀ LA VINGTAINE ... »
« JE SUIS TOMBÉE AMOUREUSE AU PREMIER REGARD ! »
« ET LE PLUS INCROYABLE, HIKARI...
« ... C'EST QU'IL VA VENIR DANS MON LYCÉE COMME PROFESSEUR STAGIAIRE ! »
« JE SUIS TELLEMENT HEUREUSE DE LE VOIR À L'ÉCOLE ! »

« C'EST LE BONHEUR CHAQUE JOUR...
« ... DEPUIS QUE JE L'AIME ! »
NÉNÉ...
TIP...
TOUT VA BIEN.
NE T'EN FAIS PAS.

HIKARI...
コッ…
TAP...
ÇA FAIT LONG-TEMPS...
OUI...

LA RUMEUR ÉTAIT DONC VRAIE, TU AS TROUVÉ UN EMPLOI À TOKYO...
OUI...
COMME JE PASSAIS DANS LE COIN, J'EN AI PROFITÉ POUR VOIR NOTRE ANCIEN LYCÉE...
MAIS JE NE PENSAIS PAS TE TROUVER ICI.
ATTENDS...
COMMENT CONNAIS-TU NÉNÉ ?
PARDON.
JE DOIS Y ALLER.

ON SE CONNAÎT DEPUIS PEU, TOUTES LES DEUX.

JE SUIS DÉSOLÉE...
SI JE T'EN AVAIS PARLÉ PLUS TÔT...
... VOS RETROUVAILLES N'AURAIENT PAS ÉTÉ AUSSI...
ARRÊTE, JE NE TE REPROCHE RIEN.
PERSONNE N'Y EST POUR RIEN DANS CET IMBROGLIO.
LE MONDE EST PETIT, QUAND MÊME !
EN TOUT CAS... DÉSOLÉ.

TU AS VU JUSTE.
HIKARI ET MOI, ON SORTAIT ENSEMBLE.
DZZT
« HIKARI »...

UN SEUL MOT ET DÉJÀ...
... J'AI L'IMPRES-SION DE NE PLUS LE CONNAÎTRE.
KWIL...
ぶに
AÏE...!
COMME TU LE SAIS, TOUT ÇA...
... C'EST DU PAS-SÉ.
NE PRENDS PAS CET AIR SOMBRE.
JE N'AI PAS L'INTENTION DE ME REMETTRE AVEC ELLE OU DE LA REVOIR, NE T'INQUIÈTE PAS.

PAR-DONNE-MOI...
... DE T'AVOIR CAUSÉ DU TRACAS.
CETTE HISTOIRE...
... LES TOUCHE PLUS QUE MOI...
« C'EST MOI, NÉNE...
« TOUT VA BIEN, NE T'EN FAIS PAS.
ET POUR-TANT...

« ... QUI SUIS DÉSOLÉE. »
ILS SONT SI PROCHES, DU POINT DE VUE...
... DE LEUR GENTILLESSE À MON ÉGARD.
SHH...
ザァ…
VOUS PENSEZ QUOI D'UN ALBUM PHOTO ?
LES FILLES ONT PRIS PLEIN DE PHOTOS AVEC LE PROF...
ON POURRAIT LES COMPILER AVEC DES PETITS MOTS...
EN PLUS, L'ALBUM NE SERA PAS TROP GROS...
OUI, BONNE IDÉE ! ON VA FAIRE ÇA !
DE QUOI TU PARLES ?
D'UN CADEAU POUR LE PROFESSEUR SAKURABA.
C'EST VRAI QUE SON STAGE SE TERMINE DANS TROIS JOURS...
J'IRAI CHERCHER L'ALBUM AUJOURD'HUI, APRÈS LES COURS.
C'EST PASSÉ VITE !
MERCI AYATO !
TU ES L'HOMME DE LA SITUATION ! ♡

DIS DONC...
SHH...
POURQUOI JE DOIS T'ACCOMPAGNER ?!
C'EST MAINTENANT QUE TU TE PLAINS ?
TU CONNAIS MIEUX SES GOÛTS QUE MOI.
MERCI DE M'AIDER.
JE NE LES CONNAIS PAS TANT QUE ÇA, SES GOÛTS.
CELUI-LÀ, IL N'A VRAIMENT AUCUNE IDÉE DE MES PRÉOCCUPATIONS...
EN PLUS, JE CROYAIS QU'IL ME DÉTESTAIT...

QUELLES SONT SES COULEURS PRÉFÉRÉES ?
PARDON ?
JE N'AI PAS ENTENDU...
...
TU AS LA TÊTE DANS LES NUAGES DEPUIS CE MATIN, NÉNÉ...
QUE T'ARRIVE-T-IL ?
QUOI ?

RIEN… DU TOUT.
TANT MIEUX, ALORS.
…
…!
POURQUOI ES-TU AUSSI OBSERVATEUR, AYATO ?!
J'AI ENVIE DE LUI PARLER DE MES SOUCIS, MAINTENANT !
TON VISAGE TRAHIT TOUTES TES PENSÉES.
GHH…
JE SAIS BIEN, VU QUE JE N'AI JAMAIS CESSÉ DE TE REGARDER.
QUOI ?
ドキ…
BODOM…
TU L'AS SANS DOUTE OUBLIÉ, CE JOUR DE PREMIÈRE ANNÉE…
« AYATO EST VRAIMENT ATTACHANT, VOUS NE TROUVEZ PAS ? »
C'EST PARCE QU'IL EST GENTIL !
OUI, SURTOUT AVEC LES FILLES !
C'EST BIEN VRAI !

LORS DE SON MATCH DE FOOT, IL A MÊME ACCEPTÉ QU'ON PRENNE UNE PHOTO ENSEMBLE !
QUOI ?! LA CHANCE !
TU ENTENDS ÇA ?
ARRÊTE DE TE LA JOUER...
C'EST QUI, CE AYATO ?
IL EST SI POPULAIRE ?
AH...
C'EST VRAI QUE TU N'ES PAS DANS SA CLASSE, NÉNÉ...
REGARDE, C'EST LUI.
MMH ?

VLAM
CE N'EST PAS MON TYPE.
PFFT !
ON A TOUS NOS GOÛTS ET NOS COULEURS, JE SAIS BIEN.
MAIS CERTAINES REMARQUES FONT PLUS MAL QU'UN COUP DE COUTEAU.
JE NE M'EN SOUVIENS PAS !
J'AI DIT UNE CHOSE PAREILLE ?
PAS MON TYPE, TU PARLES... C'EST TOI QUI N'ES PAS MON TYPE !!
EN COURS OPTIONNEL
LES FILLES SANS CŒUR, NON MERCI !
HOSTILITÉ MAXIMUM
DZZT
?

ELLE ME JALOUSE CAR SA VIE MANQUE DE SEL, SANS DOUTE ?
MMH...
IL A EMMÉNAGÉ DANS L'APPARTEMENT VOISIN DU MIEN !
TU PLAISANTES ?!
C'EST INCROYABLE, NON ?
J'AI L'IMPRESSION QUE LE DESTIN NOUS RÉUNIT !
UNE FILLE COMME TOI, AVEC ASSEZ DE CULOT POUR ME MÉPRISER...
... JE ME DEVAIS DE L'OBSERVER.
JE SUIS DÉSOLÉE.
PARDON D'AVOIR ÉTÉ INSOLENTE.

INUTILE DE T'EXCUSER.
SURTOUT QUE TU ES SINCÈRE, COMME J'AI PU LE VOIR.
TIENS ? EST-CE QUE PAR HASARD, AYATO ESSAIE DE...
BON, ON A UN ALBUM À CHOISIR.
TU EN AS VU UN DE BIEN ?
OUI, CELUI-LÀ.
IL POURRAIT LUI PLAIRE, JE PENSE.
Photo Album
DES CHATS ?
IL AIME LES CHATS, LE PROF ?
OUI !
IL EN A UN, EN FAIT.
AH OUI ?
ÇA TOMBE BIEN.
C'EST MÊME PARFAIT.
CE N'EST PAS UN PEU TROP MIGNON, POUR UN HOMME ?
TU PENSES ?

LE DESSIN EST STYLISÉ, ÇA IRA.
EN PLUS, IL COMPRENDRA TOUT DE SUITE QUE TU L'AS CHOISI TOI-MÊME, CET ALBUM.
DANS CE CAS, C'EST PARFAIT.
ドキ…
BOUM...

POURQUOI MON CŒUR FAIT "BOUM" ?
?
?
OUI... AYATO ESSAIE BIEN DE ME RE-MONTER LE MORAL.
VOILÀ POURQUOI IL M'A INVITÉE À CHOISIR CET ALBUM...!
JE ME TROMPAIS À SON SUJET.
C'EST UN GARÇON BIEN, AU FINAL.
JE ME SENS MIEUX, GRÂCE À LUI.
JE CONTINUE DE M'EN FAIRE À PROPOS DE HIKARI...
MAIS HAJIMÉ M'A DIT DE NE PAS M'INQUIÉTER, ALORS...
... JE VAIS LUI FAIRE CONFIANCE, ET L'AT-TENDRE...

HÉ, HAJIMÉ...
IL EST VIDE, TON VERRE !
JE PENSE QU'ON A ASSEZ BU.
ON A DES COURS, DEMAIN. UN PROFESSEUR DOIT SAVOIR QUAND S'ARRÊTER.
HEIN ?
J'AI LE PRINCIPAL SUR LE DOS TOUTE LA JOURNÉE, MOI ! METS-TOI À MA PLACE !
PATRON, UN AUTRE HIGHBALL !
IL BOIT ENCORE ?!
PITIÉ, JE VEUX RENTRER...
DING
BIENVENUE !
BONSOIR, VOUS AURIEZ UNE TABLE POUR DEUX ?

TEUH !
げほ
TU VIENS SOUVENT DANS CE GENRE D'ÉTABLISSEMENT ?
ÇA VA ALLER ?
TEUH...
NON...
JE NE BOIS PAS BEAUCOUP, ALORS...
TU PARLES D'UN FICHU HASARD !
TINK
ET DIRE QU'ON NE S'ÉTAIT JAMAIS CROISÉS JUSQU'À HIER !
JE RÊVE...?
...
JE VEUX PARTIR...
QUEL ENFER...

VRAIMENT…
JE TE TIRE MON CHAPEAU, HIKARI.
SELON MOI, TU ES LA PLUS MOTIVÉE DE LA NOUVELLE ÉQUIPE.
MERCI, C'EST UN HONNEUR.
MAIS J'AI ENCORE DES PROGRÈS À FAIRE.
À PROPOS, QUE FAIS-TU LORS DE TES JOURS DE REPOS ?
TU VOIS TON PETIT AMI ?
OH, NON.
JE VIS SEULE EN CE MOMENT, ALORS…
… JE M'OCCUPE DE MON APPARTEMENT OU JE VAIS AU CINÉMA…
TU VIS SEULE ? C'EST DOMMAGE…
IL FAUT PROFITER D'ÊTRE JEUNE ET BELLE COMME TOI POUR VIVRE L'AMOUR…
EN TOUT CAS, JE SUIS FAN DE CINÉMA, MOI AUSSI.
ON POURRAIT Y ALLER ENSEMBLE ?
EH BIEN…

J'AIME VOIR LES FILMS EN SOLITAIRE...
JE COMPRENDS...
ON POURRAIT MANGER ENSEMBLE, DANS CE CAS ? IL Y A UN BON RESTO PRÈS DE CHEZ MOI...
ガタ
VLAM
EXCUSEZ-MOI DE VOUS DÉRANGER EN PLEINE DISCUSSION.
VOUS AVEZ UNE MINUTE ?

?
OUI, MAIS... QUI ÊTES-VOUS...?
C'EST...
HIKARI ET MOI SOMMES D'ANCIENS CAMARADES DE LYCÉE.
JE VOULAIS PROFITER DE CETTE RENCONTRE À L'IMPROVISTE POUR LA SALUER.
AH, D'ACCORD...
J'AI REVU HIKARI RÉCEMMENT, LORS D'UNE RÉUNION D'ANCIENS ÉLÈVES...
ELLE M'A BEAUCOUP PARLÉ DE SON NOUVEAU TRAVAIL.
ELLE S'EST DITE TRÈS MOTIVÉE ET CHANCEUSE D'AVOIR UN BON SUPÉRIEUR...
EN EFFET, VOUS AVEZ TOUT L'AIR D'UN HOMME SUR QUI L'ON PEUT COMPTER ! J'AVOUE QUE JE L'ENVIE...
?
?

EH BIEN...
QUAND, COMME ELLE, ON EST ARRIVÉ À TOKYO DANS L'ANNÉE, ON N'A PAS LE TEMPS DE PENSER À AUTRE CHOSE QU'À SON TRAVAIL.
MERCI DONC DE CONTINUER À LA GUIDER SUR LE PLAN PROFESSIONNEL.
OUI... BIEN SÛR..
À LA PROCHAINE !
SALUT !
JE RENTRE À PAS D'HEURE, AU FINAL...

PARDON.
JE TENAIS À TE REMERCIER…
… POUR TOUT À L'HEURE.
DE RIEN.
J'ESPÈRE QUE TA SOIRÉE N'A PAS TOURNÉ AU VINAIGRE ?
JE NE VOULAIS PAS ME MÊLER DE TES AFFAIRES…
TOUT S'EST BIEN PASSÉ.
IL EST VRAIMENT RESPECTABLE EN TANT QUE SUPÉRIEUR.

C'EST PARFAIT, ALORS.
À PLUS.
MAIS... ATTENDS !
NÉNÉ...
COMMENT VA-T-ELLE ?
J'AI PEUR...
... DE L'AVOIR BLESSÉE, EN ÉCOUTANT SES HISTOIRES DE CŒUR...
... SANS QU'ELLE NE SACHE RIEN POUR TOI ET MOI.
J'IMAGINE...
... QU'ELLE NE VOUDRA PLUS ME VOIR ?

JE NE PEUX PAS RÉPONDRE À SA PLACE.
TU AS RAISON...
PARDON.
DE TOUTE FAÇON, HAJIMÉ...
... MOI NON PLUS, JE NE COMPTE PAS TE RE...
ばしゃん
PLAASH

びしょ～
FLOSH...
C'EST GELÉ ...!
SALETÉ DE TAXI !
IL NE NOUS A PAS RATÉS !
COMMENT PEUT-ON FONCER À C'T'ALLURE UN JOUR EUD' PLUIE ?
MES PAUV' ESCARPINS QU'J'AVIONS À PEINE PORTÉS !
HI HI...

HI
HI
HI...
LE VOILÀ !
TON PATOIS DE KYUSHU REFAIT SURFACE !
ÇA FAISAIT LONGTEMPS !
C'EST-Y BEN D'MA FAUTE ?
J'VINS À PEINE D'ARRIVER DANS L'CAPITALE !
J'SUIS POINT ENCORE HABITUÉE AU PARLER D'ICI !
HA HA HA !

DIS...
JE N'HABITE... PAS LOIN D'ICI...
TU VEUX PASSER ? AU MOINS ...
... POUR SÉCHER TES VÊTEMENTS ?
AH !

LA PLUIE S'ARRÊTE ENFIN !
JE SENS QU'IL VA FAIRE BEAU, DEMAIN.
LE CIEL...
... SE DÉGAGE...
JE VEUX Y VOIR LA PROMESSE...
... D'UN AVENIR RADIEUX.

BONJOUR, C'EST YUU YOSHINAGA.
MERCI DE VOUS ÊTRE PROCURÉ CE TOME 2 DES *FOUDRES DE L'AMOUR* !
L'HISTOIRE SE COMPLIQUE AVEC L'AUGMENTATION DU NOMBRE DE PERSONNAGES.
COMMENT TOUT CELA VA-T-IL CONTINUER ? À VRAI DIRE, JE NE LE SAIS PAS MOI-MÊME.

COMME VOUS LE VERREZ, J'AI L'INTENTION DE CONSACRER LE TOME 3 AU DÉVELOPPEMENT PSYCHOLOGIQUE DES PERSONNAGES ! J'ESPÈRE QUE CELA VOUS PLAIRA !

MERCI POUR VOS COURRIERS ET MESSAGES !
VOS ENCOURAGEMENTS ME DONNENT LE COURAGE DE CONTINUER À DESSINER, JOUR APRÈS JOUR !
J'AI AUSSI OUVERT UN COMPTE TWITTER (@YU_YOSHINAGA3) DANS LE BUT D'ÉCHANGER AVEC VOUS, N'HÉSITEZ PAS À ME LAISSER UN MESSAGE !

SUR CE, J'ESPÈRE VOUS RETROUVER DANS LE PROCHAIN TOME.
À BIENTÔT ! ♡

YUU YOSHINAGA

épisode.
10

« JE N'HABITE PAS LOIN D'ICI...
« TU VEUX PASSER ? AU MOINS POUR SÉCHER TES VÊTEMENTS ? »
TU VIS SEULE EN CE MOMENT ?
OU... OUI.
DANS CE CAS...

... JE PRÉFÈRE DIRE NON.
JE ME VOIS MAL ENLEVER MON PANTALON CHEZ TOI.
ÇA FERAIT TROP DE PROBLÈMES D'UN COUP !
HI HI !
TU AS RAI-SON.
C'ÉTAIT JUSTE AU CAS OÙ...
TU ES DEVENU ADULTE, HAJIMÉ.
C'EST-À-DIRE ?
TU N'AVAIS PAS LA MATURITÉ POUR PRENDRE DES DÉCISIONS AUSSI SAGES, À L'ÉPOQUE.
...

IL S'EST ÉCOULÉ...
... PRÈS DE TROIS ANS.
OUI...
TU SAIS...
JUSTE AVANT QU'ON NE FINISSE TREMPÉS...
... J'ALLAIS TE DIRE QUE JE NE COMPTAIS PLUS TE REVOIR.
APRÈS RÉFLEXION, J'AIMERAIS QU'ON RESTE EN CONTACT.

J'IMA-GINE...
... QUE C'EST NON ?
« SI C'EST VRAIMENT CE QUE TU VEUX...
« ... ALORS ON ARRÊTE TOUT. »

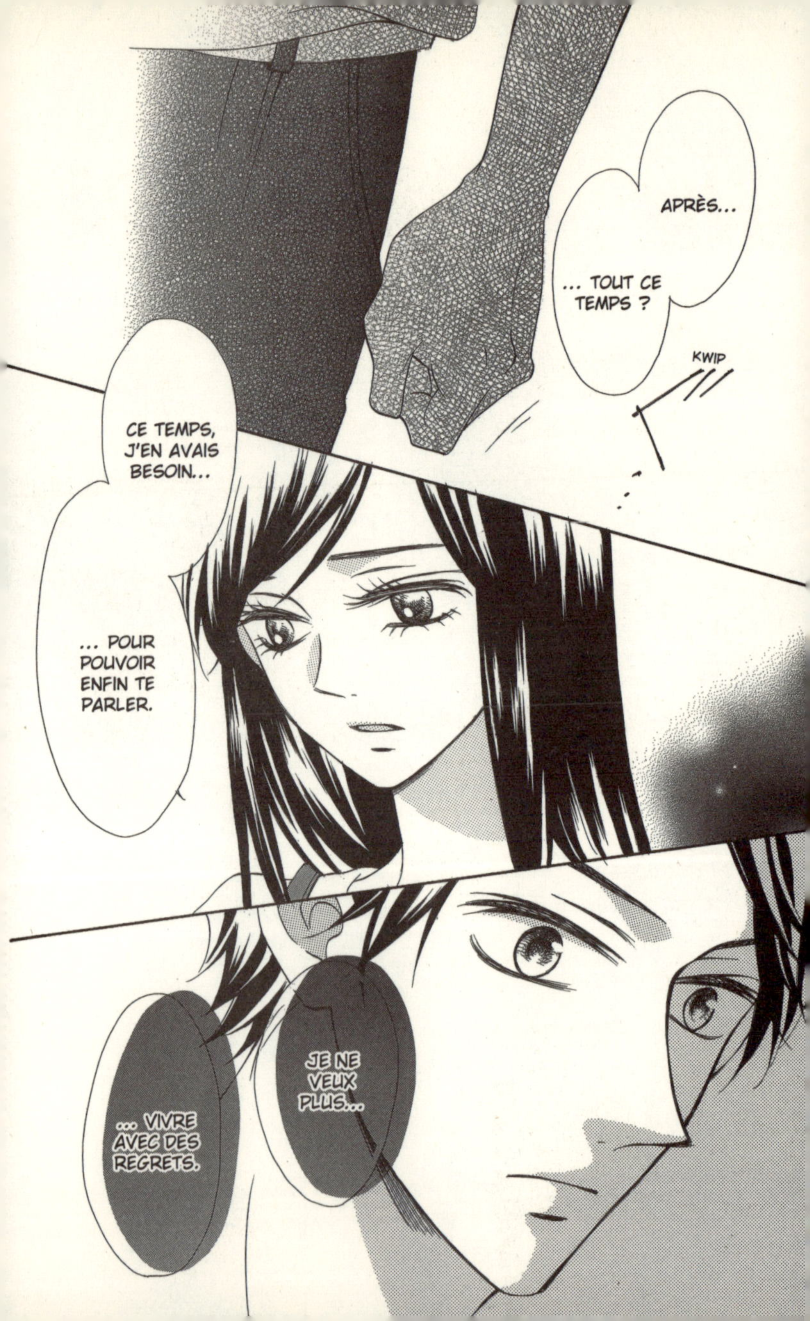
APRÈS...
... TOUT CE TEMPS ?
KWIP
CE TEMPS, J'EN AVAIS BESOIN...
... POUR POUVOIR ENFIN TE PARLER.
JE NE VEUX PLUS...
... VIVRE AVEC DES REGRETS.

DES REGRETS ?
C'EST QUOI, CETTE HISTOIRE...
MERCI POUR VOTRE COURS, PROFESSEUR SAKURABA !
MERCI PROFESSEUR !

VOICI UN CADEAU DE NOTRE PART À TOUS !
UN ALBUM PHOTO !
MERCI !
VOUS REVIENDREZ NOUS VOIR, PROFES-SEUR ?
OU ALORS, EMMENEZ-NOUS QUELQUE PART CET ÉTÉ !
JE VAIS Y RÉFLÉ-CHIR.
ÇA ME REND TRISTE !
OUF !
ÇA A L'AIR DE LUI PLAIRE.
AVEC SES COURS QUI SE TER-MINENT...
... HAJIME VIT SA DERNIÈRE JOURNÉE DE PROFESSEUR STAGIAIRE.

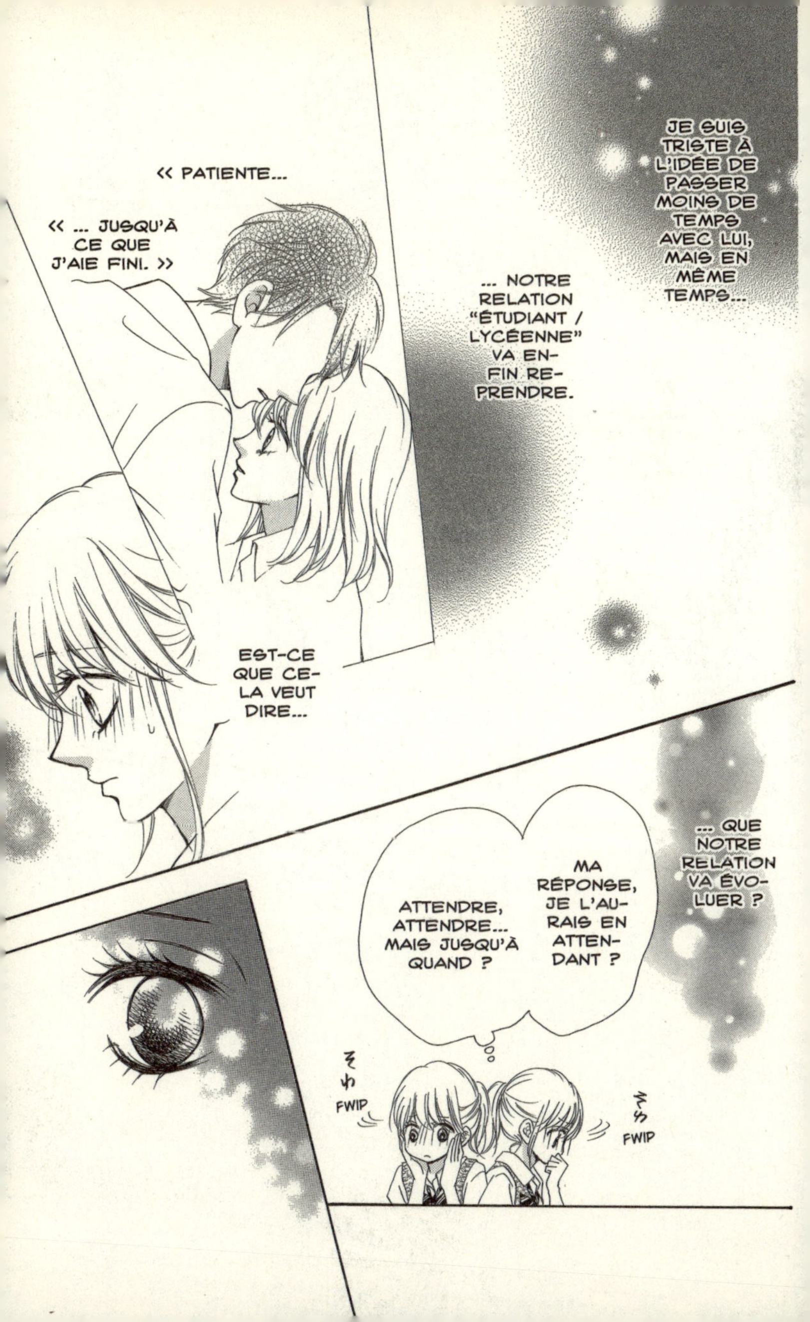
JE SUIS TRISTE À L'IDÉE DE PASSER MOINS DE TEMPS AVEC LUI, MAIS EN MÊME TEMPS...
... NOTRE RELATION "ÉTUDIANT / LYCÉENNE" VA ENFIN REPRENDRE.
« PATIENTE...
« ... JUSQU'À CE QUE J'AIE FINI. »
EST-CE QUE CELA VEUT DIRE...
... QUE NOTRE RELATION VA ÉVOLUER ?
MA RÉPONSE, JE L'AURAIS EN ATTENDANT ?
ATTENDRE, ATTENDRE... MAIS JUSQU'À QUAND ?
FWIP
FWIP

JE NE DOIS PAS ME PRÉCIPITER.
HAJIMÉ VIENT DE RETROUVER HIKARI.
CETTE RENCONTRE L'A FORCÉMENT PERTURBÉ.
IL RISQUE DE S'ÉLOIGNER...
... SI JE FAIS UN FAUX PAS.
QUELLE CHALEUR !
L'ÉTÉ EST ARRIVÉ D'UN COUP !
JE DOIS VITE RETROUVER LA LIGNE !
COMME MOI !

JE SENS UN REGARD...
フィ
WIP
J'AI L'IMPRESSION QUE NÉNÉ ME REGARDE BEAUCOUP, EN CE MOMENT.
J'AI CROISÉ SON REGARD TROIS FOIS RIEN QU'AUJOURD'HUI.
QU'EST-CE QU'ELLE ME VEUT, CELLE-LÀ ?
C'EST PLUTÔT TOI QUI PASSES TON TEMPS À LA REGARDER.
TU COMPTES, EN PLUS !
AU FINAL, LES SENTIMENTS...
... DÉPENDENT SURTOUT DU BON MOMENT.
RENTRE BIEN !
UN APPEL ? C'EST MAMAN ?

?!
HAJIMÉ
HAJIMÉ ? JE RÊVE ?!
OUAH !
I-IL... IL NE M'A JAMAIS APPELÉE !
JE SUIS SUPERSTRESSÉE !!
A... ALLÔ, OUI ?!
KWIIM
SALUT, C'EST MOI...
BODOM
OUI... QU'Y A-T-IL ?
SA VOIX...
ELLE ME PARAÎT PLUS GRAVE QUE D'HABITUDE...
TU AS UN PEU DE TEMPS ?

EST-CE QUE PAR HASARD...
... IL COMPTE DÉJÀ RÉPONDRE À MES DÉCLARATIONS ?!
JE NE SUIS PAS PRÊTE, MOI !
BODOM ! BODOM !
ドキン ドキン
EN FAIT, J'AI UN PETIT SERVICE À TE DEMANDER.
TU VEUX BIEN ACHETER UNE BOÎTE POUR KURO ?
UNE BOÎTE...
... POUR KURO ?
« JE NE SUIS PAS EN GRANDE FORME, AUJOURD'HUI...
« JE TROUVERAI BIEN DE QUOI MANGER, PAR CONTRE ...
« ... JE N'AI PLUS RIEN À DONNER AU CHAT. »

« J'AI PENSÉ QUE TU POURRAIS M'AIDER, NÉNÉ... »
JE SUIS CONTENTE QU'IL COMPTE SUR MOI !
ON EST PLUS PROCHES, TOUS LES DEUX.
JE LE SENS !
ピンポーン
DING DONG
ガチャ
CLAC
TU AS FAIT VITE !
MERCI, TU ME SAUVES LA VIE.

C'ÉTAIT LA MOINDRE DES CHOSES. COMMENT TE SENS-TU ?
JE TE PENSAIS PLUS MAL-EN-POINT.
OH, CE N'EST RIEN DE GRAVE.
LA FATIGUE EST ARRIVÉE D'UN COUP APRÈS TOUTES CES JOURNÉES STRES-SANTES.
JE SUIS À PLAT.
C'EST SÛR...
BON...
EH BIEN...
SI C'EST TOUT CE QU'IL TE FALLAIT...
HUM...
ELLE EST SI FACILE À COM-PRENDRE...
TU VEUX RENTRER UN INSTANT ?
KURO SERA HEUREUX DE TE VOIR.
C'EST VRAI, JE PEUX ?!
JE NE VEUX PAS T'EMPÊCHER DE TE REPOSER !
C'EST ÇA, TU PAR-LES.
JE T'AI AUSSI PRIS TA BOISSON ÉNERGISANTE, ET...
... CE FLAN, PUISQUE TU VOULAIS QUELQUE CHOSE DE SUCRÉ.
プリン
OH, MERCI BIEN !

TU AIMES LES CHOSES SUCRÉES, TOI AUSSI ?
JE TE RECOMMANDE CE FLAN, C'EST MON PRÉFÉRÉ !
OUI... MAIS...
... CELUI-LÀ EST POUR TOI.
PARDON ?
COMMENT ÇA, POUR MOI ?
IL COMPTAIT M'INVITER CHEZ LUI DEPUIS LE DÉBUT ?
OOH...
ALORS, MON PORTE-FEUILLE...
OH !
ZUT...
BODOM
BODOM
JE ME SENS TENDUE, TOUT À COUP...

J'ÉTAIS AVEC SES AMIS, LA DERNIÈRE FOIS QUE JE SUIS VENUE CHEZ LUI.
MAIS LÀ, NOUS SOMMES SEULS.
ET IL CONNAÎT MES SENTIMENTS À SON ÉGARD.
LA SITUATION N'A RIEN À VOIR !
QUAND HAJIMÉ EST CHEZ LUI...
... C'EST UN AUTRE HOMME.
J'ÉTAIS EN TRAIN...
... DE REGARDER L'ALBUM QUE VOUS M'AVEZ OFFERT.

AH OUI ?
J'AI ÉTÉ SURPRIS PAR LA GENTIL-LESSE DE TES CAMARADES.
ON N'ÉTAIT PAS AUSSI AIMABLES, DE MON TEMPS.
PARCE QU'ILS ONT COM-PRIS...
... QUE TU ES QUELQU'UN DE BON.
BON, J'ATTAQUE LE FLAN !
TU SAIS T'Y PRENDRE POUR BRISER LA GLACE AVEC LES ÉLÈVES, HAJIMÉ. LE MÉTIER DE PROFESSEUR EST FAIT POUR TOI !
C'EST CE QU'ILS DISAIENT TOUS.
MMH.
C'EST GENTIL, MAIS JE NE SUIS PAS ENCORE SÛR...
Photo Album

IL A ROUGI... ♡
C'EST TOI QUI AS CHOISI CET ALBUM, NÉNÉ ?
J'AI TOUT DE SUITE COMPRIS.
OH !
OU... OUI.
AVEC AYATO...
C'EST CE QU'ON M'A DIT.
VOUS ÊTES ALLÉS L'ACHETER SEULS TOUS LES DEUX.
EUH... OUI.
DISONS QU'À CAUSE D'UN CONCOURS DE CIRCONSTANCES...
MOUI...
TIENS ?
EST-CE QUE PAR HASARD...
... ÇA LE TRACASSE ?
À PROPOS...

J'AI TROUVÉ TON PETIT MOT VRAIMENT SEC.
ZÉRO PERSONNALITÉ.
J'AI BEAUCOUP APPRIS GRÂCE À VOTRE COURS. JE VAIS CONTINUER À TRAVAILLER MON ANGLAIS. MERCI.
QUOI ?!
NON, NE REGARDE PAS MAINTENANT !
ET POURQUOI PAS ?
JE NE SAVAIS PAS QUOI ÉCRIRE ...!
FWIP

ばふ
BROF
AH!
AÏE...
?!

C'EST PAS VRAI ?!
PARDON !
CE N'EST RIEN...
C'EST DE MA FAUTE...
...
OUH...
OUH LÀ LÀ...
JE ME SUIS JETÉE SUR LUI !
DÉCIDÉMENT, CETTE SITUATION... C'EST TROP POUR MOI !
BON, JE DOIS RENTRER...
POULE MOUILLÉE.

AH... BON.
JE VAIS TE RACCOMPAGNER, DANS CE CAS.
FWIP
SHLAK
ZUT.
DÉSOLÉ.

OH...
BODOM

WIP
PFF... ATTENDS ...
TU PARLES D'UN TI-MING !
N'Y VOIS RIEN DE BIZARRE...
BODOM
IL Y A AUSSI MES AMIS, SUR CES PHOTOS... JE NE VOULAIS PAS TOUT METTRE À LA POU-BELLE...
BODOM
GULP

EST-CE QUE...
... JE PEUX LE REGAR-DER ?
TON ALBUM..
HEIN ?

FLIP...
QUAND JE VOIS CES PHOTOS, J'A L'IMPRESSION
IL EST SI JEUNE ...
... DE NE PAS LE CONNAÎTRE.
OH...

TIP...
MIEUX VAUT ARRÊTER, EN FAIT.

MAIS...
... J'AI ENVIE DE SAVOIR.
DEPUIS QUE J'AI RENCONTRÉ HIKARI...
... JE NE PEUX PLUS FAIRE COMME SI DE RIEN N'ÉTAIT.
J'AIMERAIS QUE TU ME RACONTES...
... CETTE ÉPOQUE OÙ VOUS ÉTIEZ ENSEMBLE.

JE N'AI...
... PAS ENVIE D'EN PARLER.

POUR-
QUOI...
NÉNÉ...
COM-
PRENDS-
MOI...

PARDON...
JE RENTRE.
TINK
SHLAK
VLAM
HAA...

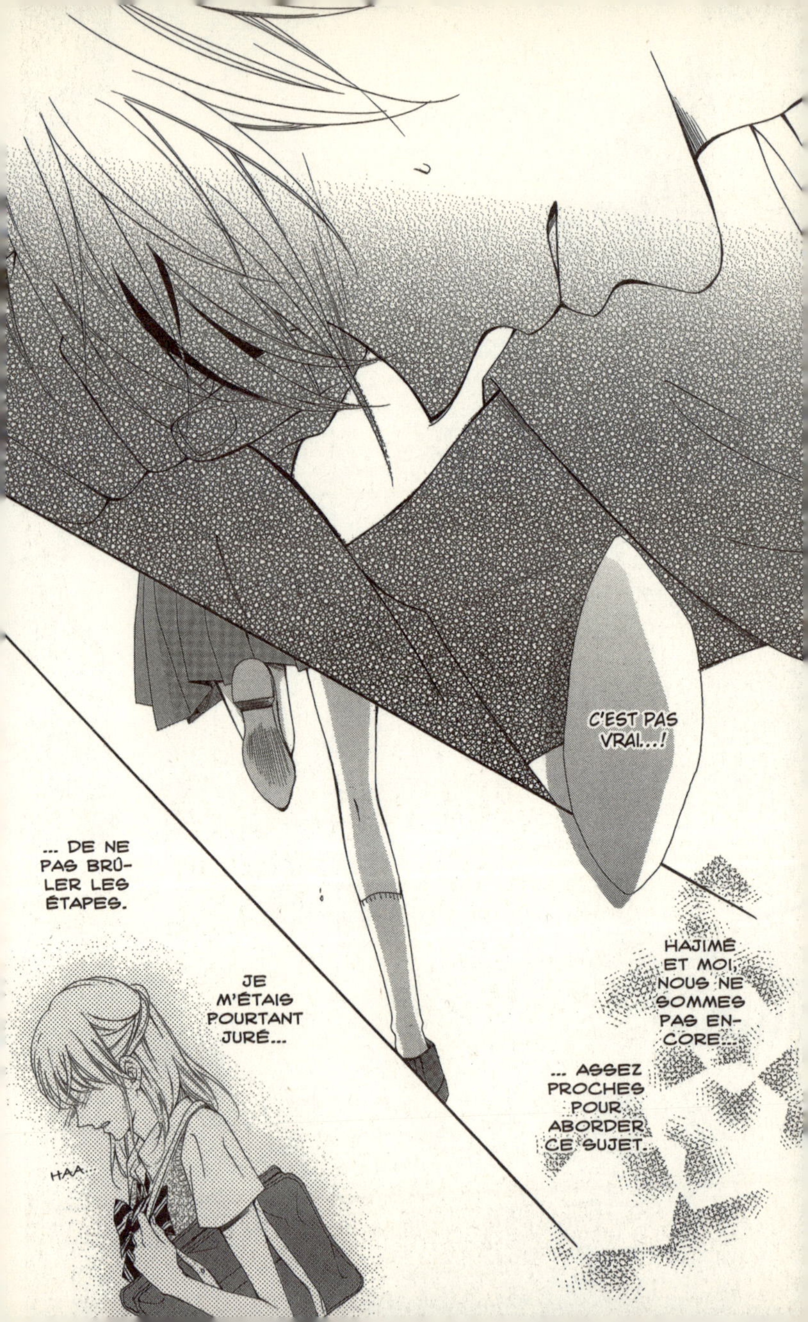
C'EST PAS VRAI...!
HAJIME ET MOI, NOUS NE SOMMES PAS ENCORE...
... ASSEZ PROCHES POUR ABORDER CE SUJET.
JE M'ÉTAIS POURTANT JURÉ...
... DE NE PAS BRÛLER LES ÉTAPES.
HAA.

À SUIVRE...

Les foudres de l'amour
SUPPLÉMENT
NOM : NÉNÉ KOIZUMI
NOTE
MOYENNE
LITTÉRATURE MODERNE
MATHÉMATIQUES II
ANGLAIS II
HISTOIRE
92
63.4
81
56.9
59
55.6
83
HA HA...
C'EST VRAI QU'ELLE A DU MAL AVEC L'ANGLAIS.
POURTANT, SES AUTRES MATIÈRES... ÇA VA.
ELLE EST PLUTÔT DOUÉE EN LITTÉRATURE MODERNE...
EN FAIT, SES RÉSULTATS SONT MÊME BONS POUR QUELQU'UN QUI DIT NE PAS AIMER LES ÉTUDES.
JE SUIS SURPRIS...

C'EST AVEC AKO QU'ELLE S'ENTEND LE MIEUX...
C'EST SON AMIE D'ENFANCE, SELON ELLE.
LORS D'UNE DISCUSSION DE GROUPE, ELLE SE CONTENTE SOUVENT D'ÉCOUTER...
ET LÀ, TU VOIS...
J'Y CROIS PAS !
HI HI...
ELLE A L'AIR D'AVOIR UN PEU DE MAL AVEC LES GARÇONS...
CE -BIIP- C'EST VRAIMENT UN -BIIP- !
GYAH HA HA !
TIENS ?
ELLE A DÉJÀ QUITTÉ LA CLASSE ?
ELLE AIME BIEN ÊTRE SEULE POUR VIVRE À SON RYTHME ...
ELLE EST DU TYPE "CHAT" ?

Ce sont de nouvelles fleurs, monsieur ?
Oui, bien vu, mademoiselle !
Et celle-ci, comment l'appelle-t-on ?
Elle montre une autre facette de sa personnalité, au lycée...
Laquelle est naturelle ?
Elle paraît plus posée ...
Et pourtant...

OH !
HAJI... EUH, NON...
PROFESSEUR SAKURABA !
TING
HÉ HÉ... VOUS VOUS PROMENEZ ?
VOILÀ LE SOURIRE QUE JE CONNAIS...
C'EST NORMAL DE S'ATTACHER À UNE FILLE PAREILLE.

FIN

LE FIL DU DESTIN 1

Kaho Miyasaka

Rino Sakuragi est en 2e année de lycée et elle est profondément amoureuse de son camarade de classe, **Ren Kiritani**. Extrêmement timide et peu sûre d'elle depuis qu'elle a vécu une grande déception amoureuse, Rino n'arrive pas à croire que le jeune homme puisse partager ses sentiments, même s'il n'en fait pas mystère. Mais elle ignore que la timidité n'est pas le seul mal qui la ronge…

SHOJO

FOCUS ON

PANINI MANGA www.paninimanga.fr

AWA-KOI © 2016 Kanan MINAMI/SHOGAKUKAN

AWA-KOI 1

Kanan Minami

À 16 ans, **Yuka** rêve d'avoir enfin un petit ami. Pour parvenir à ses fins, elle décide de se lier d'amitié avec les filles les plus populaires de sa classe, ce qui, elle en est persuadée, lui permettra de trouver la perle rare lors d'un rancard commun. Son plan fonctionne, et même si **Kentarô Nanase** est loin d'être le prince charmant, elle se surprend à éprouver des sentiments pour lui. Mais Yuka va bientôt découvrir qu'il n'est pas si simple de se confronter aux peines et aux joies de l'amour, ou même de l'amitié…

SHOJO